詩集

まほらのような

谷 和子

詩集　まほらのような　もくじ

四　たぐり寄せて

挿画――丸山留司

一　風そよぎ

まほらのような

落ち葉踏む　雑木林の道
Uの字に　窪んでいる
木立の間から
木漏れ日が差し込み
一歩一歩　踏み込む足は
深く　沈み込む

木の根が　絡み合って　地上をはい
路傍の石仏が　傾いている

そっと　文字をたどってみると
合掌する　観音様
頭頂に　馬の頭が乗っている

台座の下に「白鶴」の酒びんがある
森閑とした　林の中で
愛馬に捧げる　新春の酒
生業を共にした　馬との語らい
まほらのような　日差しの中で
私は　合掌する

昔人が　愛馬と共に　駆けた山肌
窪みを残し　今は獣道

進んでゆくと
どこかで
「ゆっくりね」
そう　言ったような

馬頭観音

山から里へ続く道
路傍に立つ石仏は　観音さま
三段の蓮の台座の上に　十本の足指を揃え
蓮のつぼみを抱えて合掌している
切れ長の目　涼やかな顔
肩から流れる衣
よく見ると　合掌の手の下に合わさる二本の足
その下に　また二つの手が荷物を持っている
はてさて　奇妙な観音さま

髪を結いあげ　優しい顔　頭頂に馬の頭が乗っている
たてがみをたらし　長い顔の先に鼻穴が二つ
舟形の光背を背負っている

村人に尋ねると「馬頭観音さま」と言う
その昔　農耕で働いた馬を　山野に葬り
「田畑をお守りください」と　祀ったものと
人馬一体で　生業を共にした馬

いつも　花が手向けられ
足元に　硬貨も置かれている
置いた人の願い　頂く人の思い

涼やかな　馬頭観音さまのお顔は
どちらの願いも　聞いている

すぐ横の　線路下の隧道が　四角い口を開けている
中に入ると　一瞬暗い
小さな出口は　片方眼鏡
早く早くと呼んでいる
足早に走り抜けると　樹木の隧道が待っている
振り向くと　隧道の上を　ＪＲの列車が走ってゆく
隧道の向こうに　馬頭観音さまが　見え隠れ

水の流れのような時間
天と地の間で

馬頭観音さまは　人や列車の安全を　見守っている

昔と今が　交差する道
その片隅で
私は
馬頭観音さまの　合掌の姿を　真似てみる

春の音

林の木々は　日に日に　確かな春の暗示を送る
日の光を幹に集め
少しずつ　少しずつ　淡い毛を　吹き出し
色を　変えていく

秋に降った　落ち葉は　地表を包み
毛根は　その養分を幹に運んでゆく
洞は　温か

根元には　春蘭の艶やかな　緑葉
つぼみが膨らんで　今か　今かと　開花を待つ
花がしらが　時々ピクピクッと動く
その音が　私の耳管を　かすかに　揺らす

風の音　日の光
春蘭は　私の眼差しを　受け止め
うてなから　花弁を伸び上げ
誇らしく　凛と立つ

テラスでずする　春蘭の湯
湯のみの中で開くはなびら
少し甘く　少ししょっぱい

去年の花の　塩漬け

手先も　体も　ポーと温か

私は　テーブルに湯のみを置く

コトンと　音がした

散歩道

歩く時は
土の道がいい
脇に　水路があり
巡る水面に
空が映る
雲が映る

ハッと　鳥が横切ると
川面で鮠が　ピクリと動く

靴裏が
土の道に　吸いついて
足裏に
柔らかく伝わるから

日の温もり
それは幼い日
庭を裸足で歩いた記憶
石ころを　踏んでも
ふんばって
飛び超える感覚

小道の縁を

夏草が覆い
ずっと向こうに　ヤギがいる
散歩道

風が
白くなった私の髪を
逆撫で
寄りそって
歩いてくれるから
ここち良い

かすかな　声で

アラッ……
ホトトギス
第一声は　かすかに
―トッキョキョキョキョキョク―
姿は　見えない

これが　しのび音
四月
声を　含み　鳴く

遠くで　ウグイスが鳴く
窓辺には　卯の花
しだれた枝に
白と薄紅の花びら

ほのかに　香り
初夏を　告げる

「ホトトギス　待ちつる宵の　しのび音は
　まどろまねども　驚かれけり」（落窪物語　３）

托卵は　こっそりと……

水面という鏡

流れの中を
漂っている
私の顔
水をかきまぜると
空が溶けてゆく
雲が溶けてゆく

水底に沈む雲
水面をつきぬけて

どこかに出ようとしている水草
もつれ
ゆがみ
水面に映る
私の顔

雲をたち割るのが
意思であれば
天空も
雲も
水底も
水草も
互いを溶かしあって

それが宇宙

ゆらめく虹色
重力を持たない
波動
私の心も
水面に漂っている
宇宙を旅する

流れに映る　大空は
私の心を映す
鏡
きりっと

立ちあがり
背筋を伸ばすと
気持ちも　心も
さえざえする

二　香りをたどり

コーヒーの香り

脳の中で　香りと　記憶をつかさどる部分が近い所に有ると言う
香りは　忘れていたことを　思い出させる。

朝の仕事が終わり　二つのカップにコーヒーを　入れる
部屋中に　香りたてて
「お父さん　コーヒー入れましたよ」
仏壇の遺影に　湯気がたちのぼる

日の光が入る　病室で　ドリップコーヒーを　入れた時

夫は
「良い香り」と言って　目を細めた
「砂糖を入れると　砂糖湯になるから　ストレートで」
とも言った。

遠くに　家の近くの尾根筋が見える

それから五日
何も言わずに
燃える　夕焼けの中へ　旅立った

辰年に生れ　辰年に逝った

「朝日を浴びて　ゆっくりコーヒーを呑みたい」
そう言ってくつろいだ　十年
庭で「コトッ」と　音がした
ハッと　コーヒーカップを見る

遺影は　いつものように　微笑んでいる

ポパイのパイプ

真夜中のこと
タバコの香りがする
鼻くうがムズムズして
ハクション　とクシャミをする
今夜はどうしてだろう
ねぼけ眼を手で擦り　あたりを見回す
隣のベッドは　どっと広く空いたまま
夫は家の中でタバコを吸わなかった

書斎にある葉巻は　シールがついたままケースの中
手に取って香りをかぐと
吸い込まれそうな　強い香り
夫が愛して　やまなかった　タバコ
今は書斎の香り　夫の香り

フワリと香りが移動する
窓の外は　夜虫が飛ぶ
「おれは虫にさされないんだよ」
いつも　そう言っていた

時々「カタッ」と音がする
それは風　ねこ　猿……

夜は窓もカーテンも開けないの
いつも心の窓は開けているから……
スーッとタバコの香りが漂って
夫が訪ねてきたのが　わかる

いつも書斎でピカピカに磨いて眺めていた
ポパイのパイプ
思い出して探してみたが　とうとう　見つからない
子供たちも「知らない」と言う

「これだけは」と　持って行ったのかしら
香りも　一緒に

やすらぎの時

プレイヤーから流れる　ブラームス　交響曲第一番
一九四八年　ベルリン・フィルハーモニー管弦楽団
指揮者は　ウイルヘルム・フルトベングラー
心に突き刺さる　曲の流れ
この音色に　幾度勇気づけられたことか

窓辺の椅子に座り
師走の雨と舞い降りる木の葉の共演を見る
曲にのって泳ぐ　大群の雑魚のよう

森や林が雲の中に混じり合い
伊豆の山々を　薄く彩る

昨年の十二月　夫と　ケルンから乗ったＩＣＥ
夕刻　小雪舞うベルリン中央駅に降りた
ブランデンブルク門は暗闇の中
勝利の女神像が　ライトにあたり　輝いていた
ポツダム広場に立つ　古い古い信号灯
今は時計台となって　時を刻んでいた
屋根だけ見える　ベルリン交響楽団の建物
歴史の中で　文化と戦は凌ぎ合い
人々の心を　揺さぶり　共存した

歴史は繰り返す
災害　原子力　金融　独裁
揺れる世界情勢
刻々と変化を伝えている

木々の葉は　春に芽ぶき　夏に伸びあがり
秋の台風で　葉をもぎ取られても　林を繋ぐ
そのたくましさ

義母を送り　義父を送り
夫まで逝ってしまった　この窓辺で
一人　音楽を聞く

湧き上る霧　紅葉は濡れる
これが　私の　やすらぎの時
歯をくいしばり
家族を守った　日々を
しみじみと　振り返る

雪に包まれて

棕櫚の　大きな葉の上に　雪は積もってゆく
くぬぎの木は　幹の片側に
枝先の　冬芽も包みこみ
ゆるり　ゆるりと　雪は積もってゆく

いつの間にか　真っ白い雪景色
窓辺に立つと　シャリシャリと氷の音
雪は　そんな音まで　包みこむ

ステレオから流れ出る　トロイメライ
夢見る子供の　情景
シューマンが　愛するクララに　捧げた曲
同じフレーズが８回
夢か現実か　分からない
ページがめくられてゆく
物語のように
音符が　言葉を奏でている

温かな部屋の中で
私だけが　カプセルの中に　いるような
雪は　森や林　里の家までも
こんもりと　埋めてゆく

止まることのない　時間
刻々と　形を変える　自然
白一色の　景色の中で
消えそうになった　過ぎし日の　ことが
ポツリ　ポツリと　思い浮かぶ

夫の古里に向かう列車の車輪の音
白一色の田園
湖と田んぼを行ききする白鳥
子供たちと雪合戦をする夫

トロイメライの　優しい旋律を　聞きながら
こんな　雪が包みこむような　愛もあるのだと

峡谷に舞う

燃え上がる山の木々は茜色
山もみじ　岳かんば　ななかまど
群青の空　翠緑の水面
峡谷の様相は　刻一刻と変わる

谷が鳴り
一瞬にして山を白い雲が包みこみ
水面は小刻みに　波うつ
頭上の木の枝は　うねり狂う

やがて風はピタリと止み
粉雪が舞う
たおやかな　葉ずれの音
風と粉雪の　共演

水面すれすれに舞う　一枚の木の葉
峡谷の　プリマドンナ
吹きあがり　吸い込まれ
強く　弱く　おおらかに舞う

「もう耐えられない」
山の木々は　木の葉を　いっせいに　振り放つ

峡谷を渡す一本の橋の上で
夫は三脚を立て　カメラのレンズをのぞいている
身動きもしない
刻々と変わる　一瞬のために

とろけて　しまいそうな　自然の中で
私は　ひたすら待ちながら
心の内に　この情景を　刻みこむ

風はまた　ピタリと止む
渦巻く淵に　吸い込まれていく
水面におりる　木の葉
つり橋が　木の葉の流れを見送っていた

ガンジスの祈り

ヒンズー教の聖地　ベナレス
河岸に集う　人　人　人
ガンジス河　ガートの祈り

「私はあなたに　抱かれて幸せ
死すことを恐れはしない」
つぶやくような　神との語らい

河霧の立ち込める河岸は

青白く明けてゆく
演台の上で　僧侶が松明を持ち　祈り舞う
登る太陽　光の輪が広がり　やがて日の出
何千という人々のため息が　どよめきに変る
幾千年と続く　朝のいとなみ

人々はガンジス河の水を　頭に　髪に　胸にかけ　口にふくむ
永遠の幸せを　約束するという
信ずることだ

太陽は　ガートを紅く染める　後光のようだ
河岸の　火葬場から立ち上る　いくすじかの煙
ゆらゆらと　天に向かって……魂の昇天

朝日の中に　吸い込まれてゆく

別れの　涙はない　祈り　祈り　祈り
太陽は　紅から　オレンジ色に
そして　黄金色に輝く
光の先は　魂を　受け取る
しっかりと抱く　抱かれる

河岸は彼岸
生と死の　出会う場所
その祈りの場に　私は　心をあずける

カラスは友達

カラスが道路を　歩いている
あたりを　見回し
ピョン　ピョン　ピョン
何かを　ついばみ
キョロッ　キョロッ

私も　道路を歩いている
カラスの　後ろを　歩いてゆく

カラスは　時々　立ち止まる
私も　止まって　あたりを見る

「ついてくるなよ……」
カラスは　ちらっと　私を見る
私は　知らない　ふりをする

カラスは急に　歩を早め
ピタリと　止まる
やがて
助走もしないで　飛び立った
そこに　一瞬　車が　サーッと

通り過ぎた

カラスは
木の上から　私を　見下ろして
カアーッ　と鳴いた

道路が　小道だった頃
歩いて　歩いて　日が暮れるまで　歩いて
眠った

車が走る　道路になって
ゆったり　歩けなくなった　道
右を見て　左を見て

カラスの　後ろを　歩いてゆく
夕焼けが　トローッと
山並みの　向こうに　消えてゆく

春の日に

いつもの窓辺
いつものテーブル
窓に映る群青の空

山の斜面に枝を広げる　くぬぎの大木
その枝に　芽吹いた若芽と　黄色い花
黄金の　レースを広げたよう

そこへ飛行機が一機　飛び込んできた

機首を西に向けて
大空に　二の字を描く　飛行機雲

銀色に輝く　機体
主翼を斜めに広げ　上昇している
やがて　ゴーンとエンジン音が　響く

こんな春の日だった
新しい服を着て
二人で旅に出た
何の不安もない　日々だった
たくさんの　旅友ができ
情報を分かちあった

スケジュールも通貨も　夫まかせ
ムッシュとマダムになって
旅の間は　レデーファースト

旅仲間　一人一人　かもしだすオーラ
日々重ねた　暮らしの襞
仕草は　その人の　人生を描きだす
たくさんの眼差しに　出会えた

夫は
思い出と　記録写真を残し　逝ってしまった
全てを　ＣＤに収めてある

写像は　映画の画面のよう

瞼を閉じると　旅は続く
スイスの山々
トルコの遺跡
ロシアの湖沼

貪欲に歩いた　ローマの街
飛行機の中では　体が辛かったけれど
すぐ忘れて　また　でかけた

今　この時　この日の光
四月の太陽は　横にころげるように

淡く
やさしく
くぬぎの花を　透かしている

もう一度　勇気を出して
私の旅に出よう
ドウユー・スピーク・イングリッシュ
と　問われたら
ア　リトウルと　こたえよう

三　思いを胸に

良く晴れた秋の日に

畑に咲いた　菊の花
ただよう　香り
白と　黄色　赤ピンク
集まって　集まって
そこに秋風が　通り過ぎ
花弁を　震わせる

道行く人が　立ち止り
振り返る

「きれいよ」
菊の花は　もっと　大きく
ふくらみ
咲いて　みせる

黒髪の少女の　笑顔
はちきれそうな　若さ
手折った花を
両手いっぱい　手渡すと
少女の顔が　ほころんで
幸せが　私の心に　舞い込んでくる

遠い昔

花の中で遊んだ　記憶
夢見ごこちだった日
心のなごみ　いとおしさを
学んだ

家中の花瓶に
菊の花を　生け
家中が　菊の香に包まれて
部屋も
花も
私の　気持ちも
いつになく　華やいだ

良く晴れた　秋の日に

―私　きれい―？

ハリハリ漬け

寒ざらしの切りぼし大根を
ポキポキポキッと手で折って
醬油とみりんと酢を合わせ
ハリハリ漬けを作る

干し大根と漬け汁の
心地よい香り
口の中がじんわりと潤い
私の舌は遠い日の母の味を思い出す

菜箸で押さえるようにひたひたに
切り昆布と七味唐辛子を入れ
器の蓋をする

待つこと三日
大根がむくむくと太りだし
器の蓋がはずれそう
「生きかえった大根」

カリカリカリ
一切れ口の中に入れてみた
畑から抜いたばかりの大根の歯ざわり

お腹の中では　早く早くと呑み込むのを　待っている
じんわり唾液が湧いてくる
台所の片隅の小さな小さな　できごと

三日月　リング

リーン……　リリリーン……
切れそうで　切れない
スズムシの鳴き声
ひたすら
鳴き続ける

羽を　大きくふくらませ
全身を　揺さぶって
薄羽は　折れてしまいそう

秋の夜長
ため息にも似る

「私は　あなたが好きです」
「私の　子供を　生んでください」
勇気を出して
言葉にして
言ってごらん

草むらには　ハコベ草
ススキの穂が　青白く
風に　ゆれ
葛の花の　むせる香が

沈んでゆく　夜気を
妖艶に　包み込む

秋の夜長
ひたすら　時間と戦って
まだまだ　扉は
いくつも　あるから

今宵の　三日月は
スズムシが　願いをこめて
大空に　ささげた　リング

人も

虫も
生あるものに
純粋なんて　ないのよ

秋の茶会

床の間のかけ物は　光
花籠には　十二色の　秋の草花
香合は　鹿
白足袋が　つま先から　畳を踏む
亭主が礼をして　緋の袱紗をさばく音
私は　楓菓子をいただく

亭主は昨日　ヘルメットを被り
バイクの音をたてて

私の横を　通り過ぎて行った
今日は　すみれ色の　和服姿
髪をまとめ　高く結い
背筋を　ピンと伸ばしている

小刻みに　茶をはく音
手先を止め
茶筅を置き
茶碗を　静かに　差し出した
私は　畳の縁に茶碗をひき
ゆっくり　茶を　いただく
「大変おいしゅう　ございます」

亭主は　かるく礼をする

公民館の　小さな茶室
一期一会
その　空気の中で
一生懸命　稽古した
一服の茶を　味わった

亭主の額に　汗がにじんでいる

案山子

稲田の水に　一本足を浸し
緑の風は　そよそよと
青い空を　睨んでいる
それは　あなたにしかできない

凛々しい　眉毛
頬被りの手拭に　ブルーの帽子
上着は　サッカー　サムライ日本の青
黄ばんだ　白ズボン

しっとり　体になじみ
両手をひろげて　立つ姿
スズメも　なかなか近寄りがたい

想定外の　大雨にも
最大級の台風にも
稲田を守った　強靭な骨格
　逃げ出さない
　泣きださない
　挫けない

黄金色に　実った稲穂は
頭を深く　垂れている

遠くで　コンバインの音

歩けなくても
一本足でも
立派に任務を　果たしたのだから
お疲れさま

昔も　今も　あなたに会えるなんて
息の　長い　功労者よ
案山子さん

便りの束

あなた　元気
お変わり　ない
友人からの　便りの束は
年齢なんて　忘れてしまう

紐解くと
たくさんの　出会いがあった
一人　一人　大切な人
積立貯金の　ようなもの

時々　引き出して　読んでみる
みんなの声が　聞こえてくる
ケータイも　メールも
なくて
大丈夫

私　心はまだ　青春
気負わずに
毎日を　大切に
生きています
そんな　便りに

心躍らせ
時間の中を
行ったり
来たりして

今夜は鰻を食べようか

息子の連れ合いは　着物が好き
私の箪笥をのぞくのも好き
「お母さん　これ着たい」
白地に藍　大柄のききょうの花模様
花先は　ほんのり紅が
娘のころに　着た浴衣
蝋けち染め

娘のころ

勤めから帰り
急いで着替え　夏祭りの街に出た
うちわを帯にさし
縁市の並ぶ街を歩いた
ズドン　ズドンと大輪の花火の下を
友達と　笑いころげた……

息子の連れ合いは
私の浴衣に袖をとうし　鏡の前に立つ
息子の前で
「どう　似合うでしょ……」
「ウフフフ……」と息子はてれる
「お母さんも浴衣を着ましょうよ」

「ウーン」と
一度も袖を通さない
扇を絞った濃淡の　藍染
華やいだ気持ちになって
「今夜は鰻を食べようか」

久しぶりの　外での食事
待ちあいで　人々の目が　温かい
このような日が　こようとは……

冷房の部屋に通されても
腰は冷えず
足さばきも安定する

若くなった　気持ちになって
背筋を伸ばす
夏草履の鼻緒は　今も赤

私と賽の神

「じゃあ　あとで　賽の神さんの前で」
学校帰り　友達と　遊びの約束
行けなくても　それはそれ　とがめない

路傍の石仏は　何も言葉を発しない
子供たちを　見守って
長い長い時間
そこに　佇んでいる

友達が　だあれもやって来なくても
賽の神さんと　蒸し芋を分け合った
かくれんぼの　鬼からも
すっぽり　覆い隠してくれた
父でもない
母でもない
ずっしり　腰をすえ
守ってくれた

目も　鼻も　なくなるほど
多くの　子らが　手をかざし
石の重みは　土道に食い込んでいる

誰かが来たんだ
ビー玉が　そなえてある

要子ちゃんも
久子ちゃんも
功ちゃんも
如来の元に　旅立った

私は　思い切りがわるいので
まだ　賽の神に　願いをこう

潔く　歯切れよく
ちぎった言葉を　くっつけて

「賽の神便り」

皆の所へ　届けよう

恋の季節

二月の雨が　重く　ゆるく　軒をたたく
ギャオー
ギャギャギャ　ギャオー

こよいは猫の恋語り
ゴロゴロゴロ　ニャオー
時には甘く　のどを鳴らす

二匹の猫は　からみあい

かみつき
芝生の上を　ころげ回る
恋が　成就するまで
叫びながら　庭をかける

そんな様子を　白椿の花は
ボーと白く　黙って立ち会う
夜は深く　さらに深く

四　たぐり寄せて

窓辺の　タペストリー

尾根筋の先　里の家のこいのぼり
緋鯉と　真鯉と　こどもたち
大きな口をあけ
白雲までも　呑み込んで
山を上る　鯉

萌えあがる　新緑
さ緑　緑　深緑
重なりあった　林の中は　濃緑

黄色くなびく　竹林
どこかで　筍を　茹でる香り

木の枝を　飛び交う　小鳥たち
姿をかくし
さえずる鳴き声は
谷に　こだまする

窓枠に映る　五月の林
椅子に座り　薫風を食む
木々の葉は　日の光を浴び
互いを　重ねることなく

その　角度を変えている

遠く　近く　湧きあがる　緑の絵模様は
自然が織りなす　一張羅
初夏の　窓辺を飾るのは
私の　心の　タペストリー

天高く　泳げ　こいのぼり
猛々しい　龍となり
社会の　矛盾を　蹴散らすのだ
原子力より　愛の　力で

千代紙の小箱の中は

箪笥の中の一番奥に
千代紙を張った小箱がある
中に　私の着物の裁布が入っている
一片ずつ　畳の上に並べてみると　一目で分かる　着物の色目
今は亡き　母の心映えを物語る

ある時は　喜びが
ある時は好まなかった日のことも
自然の色の濃淡は　話かける襲の色目

繭を育て　機織りをした女の感性

桜色は白く淡く
ほんのりと紅をさした　花の芯
木々の芽は　銀色　黄色　薄緑
大空に　描いたように……
雲のなかに　墨を流し　その刷毛目は　薄墨色

藤蔓につかまり　山肌をころげ回った日のことが
昨日のように　目に浮かぶ
里の家が　世界と思って　いた頃
山道の様子も　生えている木々も
今はすっかり　変わっている

濃緑の松林も　今は枯れ
広葉樹の林は　明るい

枯れ草色に紅の実は　娘になった頃の裁ち布
そんな布に　すっぽり包まれた　まほらの日々
畳のうえに並べた裁ち布は　私と母の歴史
和服を着る日は　少なくなったが
和箪笥の　扉を開けると　心は華やぐ
なぜか　今も　鏡映りに　似合うから不思議

手と指と一本の鉛筆で

十三夜の月がこうこうと庭を林を照らしている
淡い光は林の木々を浮かびあがらせ
その空間を　ちぎれた白い雲が動いてゆく
空は高く　広く　明るい

里を走る環状道路の灯が　道と道を繋いでいる
プツンと灯が消えた先は
伊豆に続くトンネル
その先を伊豆の山々が波のような稜線を描く

太古の昔　大地形がぶつかったという

地上の光はフルカラー
白いＬＥＤの光は街灯　辻　辻でまたたく
環状線下の信号機が　青　黄　赤に
流れるような　その間隔は正確

眠るのが惜しいような　静けさ
月の光は　ベランダに立つ私を　照らす
スポットライトのように

庭の木々は　おとなしいモンスター
私に何か言いたげに　こちらを向いて

迫ってくる
十三夜の月に　ささげ物は　何もない
歌もうたえず物語を語る声もない

光の糸を紡いで　機織りもしよう
温かな　絨毯も織ろう

そうだ　紡ぎだせるのは　ことば
手と指と一本の鉛筆で
平穏な　からを破り捨てて　心内を吐き出す
その　ことばを　書きとめること

急に庭でモンスターが　声を出す
さあ　さあ　さあ　鉛筆を持って
休んではいけないよ　続けて　続けて

鉛筆の芯は　短くなっていくけれど
明後日は　ひのえねの　十五夜
月の光は　もう少し　明るいだろうから……

おぼろ月夜を歌った友に

ポスカス　ポスカス
少し遠くで
ポスカス ポスカス
二羽のみみずくが　鳴きあっている

思えば幼い日
夜着に包まれ
「ほら　ポスカスが来たよ」
母が言う

恐ろしいポスカス　その鳴き声
私は身振るいをする
「さあ　目をつむって……」
固く目をつむったら
いつの間にか　朝だった

みみずくが番になる春の宵
林を照らすおぼろ月
クヌギの木は枝いっぱいに　花房を付け
影絵のような夜の庭

月明りは部屋の奥まで入ってくる
窓枠の形を　机の上に映し出す

そんな淡い光のなかで
私は　葉書を書く

思いを文字に
「おぼろ月夜」の歌を一緒に歌った友（ひと）に

「今になって知ってみれば
ポスカスは　手のひらに乗るような
小さな　かわいい　みみずくだった」と

夕景

幾重にも重なる　伊豆の山の稜線を
真っ赤な太陽が
少しずつ　少しずつ　沈んでゆく

いつしか太陽は　山並みの向こう側に
ころげ　落ちる

二十歳の時　母が縫ってくれた　晴れ着は
夕焼け色の　裾模様

空の色に　溶けあうように
胸元を　染めていた

くす玉を　金糸銀糸で　織った帯
ふくらすずめに　結んでもらい
女性として　華やいだ日
ただ　前を見て
未来を考えた　日々だった

妻となり
夫と共に　子供を育て
舅　姑をおくり
悲しみも　苦しみも　乗り越えて

半世紀

二十歳の　晴れ着を　広げたような
田方野の　夕景は
私の　心のふるさと

街に　明りがともり
伊豆の山の　稜線が　空と闇に溶け込んで　ゆくとき
窓枠の中に　一枚の絵を見る

蛍火のように
車の　明りが　山を登ってくる
透き通る　光の線

激震と大津波のあとで

「やさしさは　つよさです」
「つよさは　やさしさです」
支える気持ち　祈る気持ち
それが　人の心を繋いでいる

地震と　津波　転変地異
南三陸町に住む　知人を案じ
じっとテレビ画面を見る

「もしもし　私たち皆元気」
仙台の　妹家族から……
知らせ合い　絆を確かめ
ほっと　胸をなでおろす

姿を変えた港町
港の近く　川端の釣り船旅館と理学治療院
テレビに映る画像には　跡形もない
津波が残した　水面の中に
ポツンと建つ　公立病院の建物
一万人の行方が分からない　と言っている

南三陸町の　活気のある港町

両親と家族みんなで　訪ねた町
岩場を打つ　白い波
サザエを採って　見せてくれた
Tさんの御家族は　無事だろうか

「あっ　余震」
食器棚が　音をたてる
ストーブの　火を消して
重ね着をして　じっと情報を待つ
南三陸町に続いている　振動……
みんなの　笑顔が　浮かんでは消える

頑張っている女性

安室奈美恵の音楽を聞きながら
ストレッチ体操をする
「ゴーランド」
早いテンポの現代音楽
分かっても　分からなくても
曲に合わせ　逆立ちをする

空が見える
白い雲が動いている

家の南東の方向は　辰巳
出入りするのは　鬼
いつもきれいに　しておかないと
「日方のふくところ」
祖母が言った言葉

安室奈美恵は
子供を生んで　ライブして
五年連続　アルバム賞
「オンリーユー」
ハードなロックナンバー
未来を照らし

頑張っている　女性

林にせり出す　リビングルーム
気持ちは　空まで伸び上がる
「知らなかったよねー
　ロング　ロング　ロング　タイム……」

里の景色を　蹴飛ばして
交互に　足を踏む
ぐずぐずなんか　してないよ
―この時は　まだ　強気―
虎の威を借る　狐だった　私

息子が　セットしてくれた
亡き夫の　ボーズ（富士通ステレオ）
そこから　流れる　アジアの歌姫
その曲は「ダメージ」
何回も
何回も
口ずさんでみる

あとがき

「残り少なくなったなー」と感じるようになったこの頃、自然と共に、くぬぎ林の中の家で畑仕事庭仕事の日々を過ごしています。訪ね来る鳥たちや小さな命の感動は、子供の頃と同じように今も続いています。

林にせり出した家の窓から平野を望み、伊豆半島に続く山々の重なりを眺めながら書き綴った「ことば」がここに有ります。

目で見、触り、自分の足で歩き体感した事でないと心が落ち着かないくせがあり、いつも「どうして……」「なぜ……」と人に聞きたがられたことを思い出します。

「三島、詩と随筆の会」の皆さんと研さんを重ね、自分のために書き綴った詩です。今まで言いつくせなかった心内を、親しかった皆さんにご理解いただけたら幸いです。

久保田松幸先生・中久喜輝夫先生・詩誌「雑木林」の仲間の皆様には、沢山のことばをお教え頂きました。心よりお礼申しあげます。

平成二十九年八月

谷　和子

谷　和子　たに・かずこ

1942年生まれ
「三島・詩と随筆研究会」　詩誌『雑木林』
会員 久保田松幸主宰
函南町生涯学習塾「エッセイ実践教室」講師
函南文芸の会主宰　会誌「つれづれ」発行
伊豆日日新聞「里山の食卓から」「里山の窓辺で」「仏の里に続く道」他連載執筆
文芸誌等受賞多数

著書
『大きな鳥籠』日本文学館
『翼が欲しい』静岡新聞社
『里山の窓辺から』静岡新聞社

詩集
まほらのような
*
平成29年9月19日　初版発行

著者・発行者／谷　和子
発売元／静岡新聞社
〒422-8033　静岡市駿河区登呂3－1－1
電話　054-284-1666
印刷・製本／藤原印刷
*
ISBN978-4-7838-9962-4 C0092

●定価はカバーに表示してあります
●乱丁・落丁本はお取り替えします